DE LULÚ

Escrito por Barbara deRubertis
Ilustrado por Paige Billin-Frye
Adaptación al español por Alma B. Ramírez

Kane Press, Inc.
New York

Para Julianna, que es artista también.
—P.B.F.

Book Design/Art Direction: Roberta Pressel

Copyright © 2000 by Kane Press, Inc.
Translation Copyright © 2006 by Kane Press, Inc.

Library of Congress Cataloging-in-Publication Data

DeRubertis, Barbara.
    Lulu's Lemonade/by Barbara deRubertis; illustrated by Paige Billin-Frye.
      p. cm. — (Math matters.)
    Summary: On a hot summer day, three children squabble over which ingredients and what quantities should go into their extra special lemonade.
    ISBN 1-57565-190-4 (pbk. : alk. paper)
    [1. Volume (Cubic content)—Fiction. 2. Liquids—Measurement—Fiction. 3. Lemonade—Fiction. 4. Cookery—Fiction.] I. Billin-Frye, Paige, ill. II. Title. III. Series.
PZ7.D4475Lu 2000
[E]—dc21

                                 99-042677
                                      CIP
                                        AC

10 9 8 7 6 5 4 3 2 1

First published in the United States of America in 2000 by Kane Press, Inc.
Printed in Hong Kong.

MATH MATTERS is a trademark of Kane Press, Inc.

—Por favor, baja de ese árbol,
Martín —llamó Mattie—. Pensemos
en algo que hacer. Estoy aburrida.

—No quiero bajar —gruñó Martín—. No
quiero pensar en nada. Hace demasiado calor
para hacer algo.

Lulú, la hermanita de Mattie, estaba
tumbada en el pasto.

—Tengo sed —anunció.

—Podemos jugar con cartas —sugirió Mattie.

—¡Qué aburrido! —dijo Martín.

—¿Por qué no vemos dibujos animados de El Gato Loco en la tele? —preguntó Mattie.

—¡Doblemente aburrido! —dijo Martín.

Mattie chasqueó los dedos. —Ya lo sé.
¡Podemos inventar una receta para participar
la semana entrante en el Concurso de Cocina
para Niños!

—Hace demasiado CALOR para cocinar
—dijo Martín, bajando del árbol—. Hace
demasiado calor hasta para hacer mi famosa
pizza de mantequilla de cacahuate y pepinillos.

—¡Menos mal! —dijo Mattie.

Lulú se sentó. —Podrían hacer algo para beber. Tengo mucha sed.

—Vamos, Martín —dijo Mattie—. Hagamos limonada para Lulú.

—¡Bravo! —exclamó Lulú—. ¡Limonada!

—¡Qué aburrido! —murmuró Martín.

Mattie sacó dos jarras. —Haremos un galón entero —dijo—. ¿Qué jarra debemos usar, Lulú?

—¡La GRANDE! —contestó Lulú.

—Las dos pueden contener la misma cantidad —dijo Mattie—. Un galón.

—No te creo —dijo Lulú. Los chicos grandes siempre intentaban engañarla.

—Lo puedo comprobar —dijo Martín y llenó una jarra con agua.

Luego, virtió el agua en la otra jarra y la llenó hasta el tope.

—¡Vaya! —dijo Lulú—. ¡Contienen la misma cantidad! Pensé que me estaban tomando el pelo.

Mattie estaba leyendo las instrucciones para hacer la limonada. —Esto alcanza para medio galón, así que la jarra sólo se llenará hasta la mitad.

—¡Qué bien! —dijo Martín—. Entonces podemos llenarla con medio galón de cosas interesantes.

A Lulú no le gustó la idea.

—No van a poner cosas asquerosas en mi limonada, ¿verdad?

—Eso depende de lo que tú creas que es asqueroso.

—Tú sabes —dijo Lulú.

—Creo que no lo sabe —dijo Mattie.

—¿Cuánto tiempo va a tardar esto?
—preguntó Lulú—. De verdad tengo
mucha, pero MUCHA sed.

—No va a tardar mucho tiempo
—dijo Mattie.

A Lulú no le gustó esa respuesta.
—Por favor, dame limonada ahora
mismo —rogó—. ¡Por FAVOR!

½
galón

—Oigan todos —dijo Martín—. Podríamos agregar un cuarto de *ketchup*. Con ESO, esta limonada sería interesante.

—¡Puaj! —dijo Lulú.

—Pero a todos les gusta el *ketchup* —dijo Martín.

—¡En las hamburguesas! —dijo Mattie.

Los chicos grandes no hacían más que hablar y no preparaban la limonada. Lulú se dejó caer al piso.

—¡Si no me dan limonada ahora mismo, voy a GRITAR!

—Sé que es difícil esperar, Lulú —dijo Mattie—. ¿Por qué no haces un dibujo mientras terminamos?

Martín buscaba algo en el refrigerador.

—¡Lo encontré! —dijo—. ¡Mostaza!

—¡No quiero mostaza! —exclamó Lulú.

—Lo siento, Martín —dijo Mattie. Sacó un cuarto de jugo de naranja. —¿Qué tal esto? —preguntó.

—¡Sí! —dijeron Lulú y Martín. Ambos quedaron sorprendidos porque estaban de acuerdo.

—¡Oigan! Aquí hay soda de lima-limón —dijo Martín—. Mmm . . . quedan unas 2 tazas. ¡Suficiente para agregar burbujas!

—Así es mejor —dijo Mattie—. ¿Verdad, Lulú?

Lulú asintió. —Parece que AHORA está bien para beber.

—No podemos parar aún —dijo Martín—. La jarra no está llena.

Lulú suspiró.

—Podemos agregar una taza de jugo de lima —dijo Mattie. Le pasó unas limas a Martín.

Justo entonces, una voz dijo:

—¿Me pueden prestar un frasco de pepinillos?

Era Jason que vivía en la casa de enfrente.

—Claro —dijo Mattie—. Estamos haciendo limonada. ¿Quieres ayudar?

—A ti sólo te gusta hacer cosas complicadas como en la tele —dijo Martín—. ¿Verdad?

—¡Es verdad! —dijo Jason—. De hecho, el programa de Chef Fifi empieza en un minuto. Vamos a hacer un mousse de pepinillos y betabel.

Jason se despidió con la mano y salió por la puerta.

Lulú regresó a su obra de arte. Mientras dibujaba, empezó a cantar.

—Limonada. Limonada.

Lulú quiere limonada.

Limonada. Limonada. Limonada ¡YA!

Como de costumbre, los chicos grandes aparentaban que no la escuchaban.

Mattie buscaba algo en el estante de las especias.

—A veces, mamá pone una cucharada de esencia de vainilla en la limonada —dijo.

—¡Buena idea! —dijo Martín—. Nunca he intentado eso.

—Si pudiéramos agregar una cosa más
—dijo Martín mirando fijamente la hilera
de especias. —Una cucharada de algo
interesante, por ejemplo, pimienta picante.
O granos de pimienta negra . . .

1 cucharada

1 taza
2 tazas o
1 pinta

1 cuarto

½
galón

—O pi . . . ¡MENTA! —exclamó Lulú
mientras corría al herbario.

Lulú regresó a la cocina en menos de un minuto.

—¡Aquí está! —exclamó.

—Justo lo suficiente para una cucharadita —dijo Martín y añadió media docena de hojas de menta a la limonada.

—Ahora está lista ¿verdad? —preguntó Lulú.

—Casi —dijo Mattie—. ¿Quieres agregar los cubos de hielo?

—Claro que sí —dijo Lulú. Virtió toda la cubeta de hielo en la jarra.

¡KERSPLASH! La limonada salpicó la cara de Lulú.

Lulú se lamió los labios. —¡Esto está rico! ¡Es la mejor limonada que jamás he probado!

—¿De veras? —dijo Mattie.

—¿Estás bromeando? —preguntó Martín.

—Pruébenla —dijo Lulú.

Todos agarraron vasos y tomaron largos tragos de limonada.

—Sí, es la mejor —dijo Mattie.

—¡Es estupenda! —dijo Martín—. Apuesto a que es mejor que cualquiera de las cosas que pueda hacer el Chef Fifi.

—Deberías presentar esta limonada en el Concurso de Cocina para Niños —dijo Lulú.

Mattie y Martin se miraron. ¡El concurso! ¡Se habían olvidado de eso por completo!

—No recuerdo exactamente lo que le pusimos —dijo Mattie.

—¡Ni qué cantidades! —añadió Martín—. Hay que saber eso para dar una receta.

—¡No anotamos nada! —gimió Mattie.

—Pero yo sí anoté —dijo Lulú. Y les mostró su dibujo sonriendo.

Mattie se quedó boquiabierta. —No lo puedo creer —dijo—. ¡Es estupendo!

Martín también parecía asombrado. —¡Bien hecho, Lulú! —le dijo.

—Pero, ¿qué nombre le pondremos a nuestra limonada? —preguntó Mattie.

Lulú estaba muy satisfecha de sí misma. Volteó la hoja de papel. En letras grandes, había escrito "¡La limonada de Lulú!"

—¡Un nombre perfecto para una limonada perfecta! —dijo Mattie.

—Pero . . . quizás debemos agregar un poco de pimienta picante —dijo Martín.

—¡Puaj! —dijo Lulú—. ¡No empieces otra vez!

CONCURSO DE COCINA PARA N

RECETA GANADORA

LA LIMONADA DE LULÚ

½ galón (64 oz)
de limonada
1 cuarto (32 oz)
de jugo de naranja
1 pinta (16 oz) de soda
de lima-limón
1 taza (8 oz) de jugo de lima
1 cucharada de esencia
de vainilla
1 cucharadita de hojas
de menta

Mezcle todos los
ingredientes en una jarra
de 1 galón. Agregue hielo.
MUY sabrosa.

31

GRÁFICA DE LAS MEDIDAS PARA LÍQUIDOS

Puedes usar tazas, pintas, cuartos y galones para medir líquidos.

Puedes verter:

- 2 tazas en un recipiente de 1 pinta
- 2 pintas en un recipiente de 1 cuarto
- 4 cuartos en un recipiente de 1 galón

¿Cuántas tazas caben en 2 pintas?

¿Cuántas pintas caben en 4 cuartos?

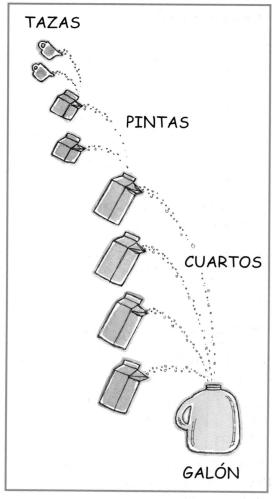

TAZAS

PINTAS

CUARTOS

GALÓN

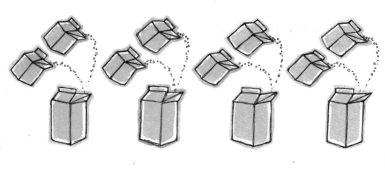